Petites Fricti

et autres histoires givrées

300, rue Léon Joulin, 31101 Toulouse Cedex 9 France
Loi 49-956 du 16 juillet 1949
sur les publications destinées à la jeunesse
ISBN : 978-2-7459-7180-7
editionsmilan.com

Philippe Lechermeier

Petites Frictions

et autres histoires givrées

MILAN

Pour Alain Levy

Un grand merci à Astrid
pour ses nombreux conseils
et le soin qu'elle a apporté
à la relecture de ces Petites Frictions.
P. L.

Petites, *adj., lat. pop. pittittus* :

1. Pas grandes.

2. Pas longues.

Frictions, *nom fém. plur. invar.*

1. Frottements désagréables.

2. Léger conflit entre plusieurs personnes.

3. Par extension, histoire qui laisse une impression étrange, un sentiment désagréable.

Voir aussi *Fictions, Frissons.*

BABY KILLER

Madame, monsieur,

Vous serez sans doute étonné de recevoir un courrier de ma part et je comprends cette surprise. Pour vous, je suis l'ogresse, le mal absolu, celle qui a voulu tuer vos trois petites filles, Daisy, Clara et Wendy. Pourtant, je vous demande instamment de lire cette lettre jusqu'au bout, et cela dans votre plus grand intérêt. Je sais que les apparences sont contre moi et je n'espère aucune réhabilitation ni aucune réduction quant à la peine de quinze ans que je purge au pénitencier de Fort Thrips, Alabama.

Qui, d'ailleurs, pourrait apporter un crédit quelconque aux dires d'une vieille fille de cinquante ans quand les témoignages de trois enfants blondes comme les blés l'accablent ? Je me suis moi-même laissée prendre au piège le jour où je suis entrée à votre service, il y a de cela maintenant presque un an : vous étiez pour moi la famille américaine parfaite, avec une maison superbe, piscine et jacuzzi, un mari à la tête d'une entreprise prospère, une épouse belle et fidèle, un chien, un 4X4 et trois adorables fillettes bien élevées.

J'ai exercé toute ma vie la profession de nurse et je crois avoir prouvé – même le tribunal l'a reconnu – le sérieux avec lequel je me suis occupée des enfants des autres. Cependant jamais durant ma longue carrière je n'ai éprouvé autant d'enthousiasme à me rendre au travail et les petites Daisy, Clara et Wendy ainsi que Sam, votre labrador, me faisaient la fête quand j'arrivais.

J'ai rapidement déchanté : tout a commencé la deuxième semaine, au moment des repas. Je retrouvai des casseroles, des saladiers à d'autres endroits que ceux où je les avais rangés. Je dressais la table et au moment de servir, les couverts, les assiettes, la nappe, tout s'était volatilisé, il ne restait plus que Daisy, Clara et Wendy qui me regardaient de leurs yeux brillants. Vous allez sourire mais à cette époque – je ne vous en ai rien dit évidemment, je craignais trop pour ma place – j'ai consulté un médecin car je pensais être atteinte de la maladie d'Alzheimer.

Quelque temps plus tard, j'ai compris que le problème ne venait pas de moi. Pendant que je préparais le repas en chantant, apportant la bonne humeur qui m'est coutumière, la porte du placard s'ouvrit brutalement. Je songeai à un courant d'air mais alors que je refermais la porte, elle s'ouvrit de nouveau avec une violence que rien ne pouvait justifier. Juste après je vis, flottant dans l'air, assiettes, couverts, verres. Même les morceaux de pain déjà coupés vinrent retrouver leur miche d'origine, comme si elle sortait à l'instant du four du boulanger.

À ce moment, je doutais encore que vos filles, si mignonnes, si bien élevées, puissent être liées à ce phénomène. J'ai pensé que votre maison était, comment dire, « possédée », que peut-être elle avait été bâtie sur un ancien cimetière indien, une clairière où se réunissaient les sorcières les soirs de sabbat.

Ensuite, tout a très vite dégénéré : tant que vous étiez à la maison, les choses avaient l'air parfaitement normales mais dès que vous partiez travailler, c'était l'enfer. Souvent, les filles s'amusaient avec des couteaux qu'elles semblaient guider rien qu'avec leur volonté. Le jeu était simple : il fallait que j'évite les lames qui se dirigeaient vers moi. Je dansais toute la journée pour sauver ma peau, pas étonnant que vous me trouviez l'air épuisé en rentrant le soir.

Les pires moments que j'ai passés, c'est quand elles ont compris que je ne savais pas nager : je me retrouvais régulièrement transportée dans les airs puis plongée dans la piscine ou dans les bains bouillonnants du jacuzzi. J'en ai bu des litres d'eau !

J'ai aussi été enfermée de nombreuses heures dans la cave, sans lumière, ou attachée à un arbre ou abandonnée au sommet du chêne centenaire. Et bien d'autres choses trop humiliantes pour être avouées, même après une année. Combien de temps cela aurait pu continuer, je ne sais pas, j'étais dans un tel état ! Jusqu'au jour où je surpris un conciliabule dont je ne saisis que deux mots : « achève, crève ». Vous comprendrez peut-être pourquoi je me suis présentée à votre domicile, ce fameux 12 avril, équipée de la tête aux pieds. Évidemment, j'ai d'abord dissimulé mon matériel dans le cellier afin de ne pas vous alarmer. Après votre départ, j'ai enfilé mon gilet pare-balles, mon casque et mes lunettes à vision laser infrarouge, j'ai chargé mon PX25, enfilé les balles *doum-doum* dans mon fusil à canon scié. J'ai également fixé quelques grenades à mon ceinturon et, au cas où ça chaufferait vraiment, j'ai préparé mon bazooka – un modèle à l'essai chez les Marines – et quinze mines anti-chars.

J'étais prête.

J'ai pénétré dans le salon en hurlant :

– Alors, bande de mauviettes, on fait moins les fières ! Descendez vous battre à la loyale !

Comme rien n'a bougé, j'ai balancé une charge de fumigène lacrymogène, histoire de ne pas me laisser surprendre et j'ai continué mon exploration :

– Ah, ah, ah, je crois qu'on a compris qui était le chef ! Vous croyiez m'impressionner comme une vulgaire baby-sitter, moi, une nurse diplômée ?

Ça ne bougeait toujours pas. Alors que j'entamais les recherches dans le jardin, les choses se sont accélérées : la police, le FBI, la cellule anti-terroriste, tout le monde est arrivé pour m'encercler. J'ai d'abord voulu résister mais c'était impossible : dans le ciel, les hélicos tournoyaient, des hommes-grenouilles avaient pris position dans la piscine, des tireurs d'élite étaient perchés sur le toit. On m'arrêta comme un vulgaire tueur en série. Mais ça, vous le savez déjà, les journaux l'ont relaté longuement, ça a fait la une, je suis même passée à la télé.

Non, ce que vous ne savez pas, et rappelez-vous que j'écris tout cela dans votre intérêt, ce sont les dernières phrases échangées entre Clara, Daisy et Wendy. Alors qu'elles étaient emmitouflées dans une couverture, elles ont cligné de l'œil et Clara a dit distinctement, en me regardant mais en s'adressant à ses sœurs : « Et une de moins. On se fait encore une nurse et après, on s'occupe définitivement de Papa et Maman… »

J'ai hésité longtemps avant de vous faire parvenir cette lettre. Au procès, vous étiez tellement en colère contre moi qu'il m'était impossible de vous mettre en garde. Cependant, un événement récent m'a décidée à faire ce pas vers vous : l'autre jour, dans ma cellule de cinq mètres carrés où je vais passer les quatorze prochaines années, j'ai pu lire dans le journal du coin qu'une baby-sitter avait été retrouvée toute nue dans le centre commercial de votre comté. Et là, j'ai compris que les prochains sur la liste, c'était vous…

En espérant de tout cœur que vous aurez lu ma lettre à temps et pris les mesures nécessaires, veuillez agréer, madame et monsieur, mes salutations sincères,

Mary P.

P.-S. : n'attendez aucun soutien de Sam, il est complètement de leur côté.

DEVINE

Ma mère est devine. Une femme qui lit l'avenir. *Devine*, féminin de *devin*. Comme médecin et médecine. Ou plutôt jardinier, jardinière.

DEVINE : *n.f.* Femme au pouvoir divin qui sait ce qu'il adviendra le lendemain.

Alors souvent, pas de vélo avec les copines. Pas de piscine, non plus. Mon frère Takemura et moi on se comprend sans se parler et on va regarder la télé. On ne réagit même plus, ça fait des années que c'est comme ça. Ces jours-là, Maman se réveille avec un mal de crâne épouvantable et des visions effroyables : dans son rêve, un soixante-quinze tonnes écrasait mon petit frère alors qu'il pédalait sur son vélo rouge. Ou alors, un malaise soudain m'entraînait au fond du grand bassin de la piscine municipale de Tokyo, laissant mon corps sans vie et gorgé d'eau.

Parfois, c'est moins inquiétant : l'autre jour, pendant la fête du lotus, Maman nous a raconté au petit déjeuner que si on sortait dans le jardin, un papillon blanc nous emporterait à tout jamais. Le lendemain, elle a refusé qu'on se rende à l'école, persuadée qu'un dragon nous attendait, les naseaux fumants, au coin de la rue.

Une mère devine, il y a des avantages et des inconvénients. Quand il pleut, ce n'est pas trop gênant mais quand il fait beau, c'est nettement plus embêtant. Avec mon frère, on connaît les séries et les dessins animés par cœur : *Nixo* le robot rigolo, les créatures de la planète Istrankhoutar et leur chevelure verte, *Spidokopter*. Pareil pour les jeux débiles où les candidats doivent manger trente-huit kilos de choux chinois avant de s'attaquer aux larves gluantes. Parfois, quand Maman est persuadée qu'il y a des créatures sous notre lit, on reste devant la télé toute la nuit.

Hier, Maman a accepté qu'Akiko, ma meilleure amie, dorme à la maison. À cause de ses visions, cela arrive assez rarement ou alors il faut annuler au dernier moment. Pour mon anniversaire, Akiko a dû rentrer chez elle car Maman avait deviné que si elle restait pendant la nuit, on perdrait toutes nos dents.

Heureusement, elle n'a pas de visions tout le temps, parfois son esprit se repose, ce qui nous permet alors de vivre presque normalement.

Akiko est rigolote, elle se fait des moustaches avec la mousse du bain puis en gloussant, on enfile nos pyjamas et on va se coucher. Il y a toujours mon petit frère qui ne cesse de rentrer dans ma chambre et ça se termine forcément en une interminable bagarre entrecoupée de fous rires. Une fois couchées, on se raconte tous nos secrets : nos amours, nos peurs, les poèmes qui nous touchent, les séries qu'on trouve débiles mais qu'on regarde quand même jusqu'au bout. La seule chose dont on ne parle jamais, c'est du pouvoir de Maman : Akiko est au courant mais je crois que ça la met plutôt mal à l'aise.

Ce matin, Maman a fait des beignets d'acacia. On les trempe dans notre thé, enrobés de miel de jasmin. C'est délicieux ! Ensuite on décide d'aller se promener dans le quartier sans s'avouer qu'on espère rencontrer quelques copains. Mais Maman arrive à la dernière minute, impossible de sortir : elle est persuadée qu'un scarabée géant nous dévorera, mon amie et moi.

Devant la télé, pour la première fois, Akiko aborde le sujet : « Elle est dingue ta mère ! Un scarabée géant, ça n'existe pas ! Passe encore pour un camion qui t'écraserait ou une maison qui s'effondrerait, mais un scarabée géant ! Allez, viens, on sort discrètement et on va se promener, ta mère n'y verra que du feu. »

J'hésite un moment, je n'aime pas désobéir, mais il y a le printemps, le soleil qui caresse le bord de la fenêtre, les autres de l'école qui doivent s'amuser tranquillement. Elle a raison Akiko. On enfile nos sandales pour sortir par le garage, à l'arrière de la maison. Dans la rue, c'est la liberté. On marche sans rien dire, les yeux presque fermés, à humer le parfum des premières fleurs.

C'est alors qu'Akiko me tire par la manche. Elle me désigne une forme minuscule qui se déplace de façon ridicule sur le sol de béton : « Le voilà, le scarabée de ta mère ! », et elle éclate de rire. Je ris également en voyant l'insecte. Akiko imite sa démarche en gloussant et je ris de plus belle tout en songeant aux visions de Maman, aux immeubles qui s'effondrent, aux dents qui tombent, aux monstres sous le lit et aux papillons blancs.

Alors que nous poursuivons notre chemin, elle m'explique que ma mère est folle à lier. Comme pour mieux me faire comprendre, elle cogne son index contre sa tempe – toc ! toc ! – et je pense à Maman avec un serrement au ventre. Je marche les yeux baissés lorsque tout d'un coup Akiko s'arrête de parler. Je lève la tête et je vois, devant nous, dressé dans son ombre immense, le scarabée géant.

RÈGLEMENT INTÉRIEUR

Article 1 :

Le présent règlement vient d'être approuvé par le conseil et remplace dès maintenant le précédent. Il fait suite à de nombreux incidents et résulte d'une concertation entre élèves, professeurs et parents d'élèves.

Article 2 :

Le conseil des élèves remplace à ce jour le conseil des professeurs qui s'autodissout de son plein gré : la dictature du corps enseignant n'ayant que trop duré pendant toutes ces années, il appartient au conseil d'élèves d'établir ce qui est bon ou mauvais pour leur éducation.

Article 3 :

À partir de lundi, le bureau du chef d'établissement (mon bureau) ainsi que celui de la gestionnaire deviendront les bureaux respectifs des élèves Cédric H. et Kader S. Chaque professeur dépendra désormais de leur autorité et se référera à leurs décisions et à leur arbitrage en cas d'incident. Il est rappelé que notre charmante secrétaire, Mlle P., est maintenue dans ses fonctions et conserve son bureau. Elle est promue au titre de secrétaire particulière de Cédric H. et Kader S.

Article 4 :

Le corps enseignant, ainsi que le personnel administratif, se doit d'adopter une attitude exemplaire en matière de politesse et de respect d'autrui. Aussi, chacun veillera à marquer le respect de la hiérarchie par une discrète révérence dès qu'il rencontrera Cédric H. ou Kader S.

Article 4bis :

Les titres de « Maître » ou « Votre Honneur » sont obligatoires en cas de requête auprès de MM. Cédric H. et Kader S.

Article 5 :

Dans un souci d'équité et afin de signaler ces changements au sein de la hiérarchie, une grande amnistie est déclarée par le conseil des élèves présidé par Cédric H. et Kader S. Sont annulées : punitions, heures de colle et mesures d'exclusion temporaire ou définitive. Les élèves renvoyés les années précédentes sont réintégrés dans la classe de leur choix.

Article 6 :

Une étude approfondie déterminera le nom des enseignants ayant usé de façon exagérée de sanctions et de brimades. Un tribunal d'élèves sera constitué afin de déterminer la peine à appliquer.

Nota bene : l'établissement se doit de respecter la Constitution de notre pays ainsi que, dans la mesure du possible, la Déclaration des droits de l'Homme. Seule exception : M. Pierre W., professeur de mathématiques, pourra, par dérogation, être condamné à la peine la plus lourde.

Article 7 :

Sont déclarés professeurs d'honneur de l'établissement et prioritaires lors de la distribution du « rab » à la demi-pension (après les élèves, en pleine phase de développement et de croissance) :

– Mme M., professeur de musique, pour sa tolérance au bruit et aux boulettes de papier ;

– M. G., professeur de latin, pour son extrême discrétion : un jour de présence en un trimestre ;

– Mlle F., professeur de lettres, pour son apport à l'industrie cinématographique. M. Kader S. souligne le choix judicieux de ses cassettes vidéo et sa capacité à ne pas s'enfermer dans le genre pédagogique. Il souligne également son ouverture sur les autres cultures : kung-fu, films d'action américains, etc.

– M. R., pour ses retards systématiques ;

– Mention spéciale à M. H. et Mlle I. qui par leurs qualités pédagogiques ont réussi à amener tous les élèves de leurs classes à des moyennes supérieures à 16/20 ;

– Mlle P., secrétaire, pour son sourire, son charme et ses soins en cas d'accident dans la cour de récréation ;

– Mlle C., conseillère principale d'éducation, pour l'organisation d'un concours annuel du professeur le plus populaire, le plus sexy et le plus détesté.

Article 8 :

Plus aucun cours n'est obligatoire. Les élèves choisissent leurs matières, leurs enseignants, leurs jours de présence et le nombre d'heures qu'ils estiment nécessaires à leur formation.

De la même manière et dans un souci d'épanouissement, l'élève décide du niveau de sa classe : il peut ainsi sauter autant de classes qu'il le désire, revenir en sixième après la troisième, entrer directement en quatrième.

Article 9 :

Les élèves déterminent eux-mêmes les programmes enseignés et leur valeur à l'examen. À l'unanimité, est décidé l'enseignement des nouvelles matières suivantes : skate, hip-hop, voyages à l'étranger, tags, éducation sexuelle, ainsi que les options « Faire la fête » et « Lutter efficacement contre l'acné ».

L'enseignement des mathématiques, du français, du latin, du grec et des sciences physiques devient facultatif.

Un projet commun aux autres établissements sera initié pour faire du sport la matière de sélection pour les poursuites d'étude. L'attribution des bourses sera calculée en fonction des chronomètres de chacun ou du nombre de buts inscrits.

Article 10 :

Les animaux de compagnie sont acceptés dans l'établissement.

Article 11 :

Une nouvelle échelle des punitions sera mise en place. L'idée importante est de permettre au professeur de comprendre la raison de sa sanction : on s'abstiendra donc de passer immédiatement aux coups de bâton ou au fouet. En plus des brimades physiques, on peut aussi songer à des travaux d'utilité publique privilégiant l'adaptation à la vie collective : strip-tease des professeurs afin d'animer la vie du foyer (sur acceptation du comité des élèves), portage du sac des élèves afin d'éviter les problèmes de dos, débarrassage des plats dans la cuisine, mise en valeur des tags sur les murs, etc.

MM. Cédric H. et Kader S. rappellent que la mesure et la justice se doivent de précéder toute décision, afin d'éviter une récidive qui entraînerait cette fois une sanction très grave.

Article 12 :

Est instauré un menu unique à la demi-pension : steak-frites pour les élèves et poisson-épinards pour les enseignants.

Article 13 :

Afin d'éviter toute discrimination fondée sur le niveau de vie, bref dans un souci d'égalité, chaque professeur portera une blouse : grise pour les professeurs de sexe masculin, rose pour les professeurs de sexe féminin.

Article 14 :

Par commodité et pour des raisons pédagogiques évidentes, les professeurs seront logés dans l'ancien internat des élèves. La séparation garçons et filles reste de rigueur. Le non-respect de ce point de règlement sera sévèrement puni.

Article 15 :

Pour intéresser les élèves à la vie culturelle, les achats de livres pour le CDI ainsi que les abonnements aux magazines seront décidés par le conseil des élèves. Afin de favoriser l'ouverture sur le monde, est décidé l'abonnement immédiat aux titres suivants :

– *Méga Tuning ;*
– *Moto Auto Turbo ;*
– *Lipstick ;*
– *Armes à feux et armes blanches ;*
– *Gloss ;*
– *Sexy girls.*

Le budget de l'établissement n'étant pas extensible, sont résiliés les titres qui suivent :

– *Le Magazine de l'histoire étrusque;*
– *Pédagogismes;*
– *Géorama;*
– *Géométrix.*

Article 16:

Dans la continuité de l'article 15, est décidé l'abonnement aux différentes chaînes cryptées et bouquets numériques pour le foyer des élèves (ex-salle des professeurs). MM. Cédric H. et Kader S. proposent également de revoir le programme du ciné-club: la rentrée prochaine débutera donc par le cycle *Cascades et courses poursuites dans le cinéma américain* suivi d'une rétrospective *Bruce Lee.*

Article 17:

Les enfants de chaque professeur sont responsables de la conduite de leurs parents au sein de l'établissement. Les professeurs sans enfants seront sous la tutelle d'un élève désigné par Cédric H. et Kader S.

Article 18 :

Les professeurs chargés de chercher et de ramener les élèves dans leurs demeures respectives fourniront une attestation à jour de leur assurance automobile. Ils veilleront également à remplacer leurs anciens véhicules par des modèles spacieux, performants et bien entretenus. Toute négligence tendant à donner une image négative de notre établissement sera sanctionnée de façon exemplaire.

Article 19 :

Le port d'armes est interdit. Seuls MM. Cédric H. et Kader S., ainsi que les membres du conseil des élèves, sont autorisés à déroger à cet article, et ce dans le but unique de faire régner l'ordre nécessaire à l'épanouissement de chacun.

Une ligne budgétaire est ajoutée à l'unanimité moins une voix (celle de M. R., inopinément décédé après son vote) afin de remplacer le pistolet automatique de Cédric H., un modèle déjà ancien (mais encore efficace). Il va de soi que la sécurité se doit d'être la priorité de toute décision émanant du conseil des élèves.

Article 20 :

Dans un souci d'efficacité, MM. Cédric H. et Kader S. s'autorisent à corriger, modifier, ou transformer les articles précédents en fonction de l'intérêt général.

Ils sont déclarés à ce jour, et jusqu'à ce qu'ils décident du contraire, chefs de notre cher établissement.

Fait librement le 17 juin 20... à Puchois-en-Ambert, sans aucune contrainte physique ni aucune menace armée quelconque,

Le chef d'établissement,
Monsieur M.

DATE LIMITE

Prénom : Pavla
Nom : Svoboda
Née le : 14/07/1983
Lieu de naissance : Prague
Inscription : Refusée
Motif : Limite d'âge dépassée

Pavla n'avait pas nécessairement mauvais caractère mais le fait qu'on lui rajoute dix années d'un seul coup sur sa fiche de renseignements sans lui demander son avis l'agaçait. Son inscription à la prestigieuse école de danse de Prague avait nécessité des années de travail acharné, sans compter les nombreuses privations qu'elle s'était imposées pour atteindre son objectif.

Elle ne comptait plus les heures passées chaque semaine à la barre pour assouplir son corps, les humiliations, les cris de ses professeurs à un âge où ses amies passaient encore leurs journées à s'amuser.

Le compte rendu de sa prestation lors du concours d'entrée était élogieux. Elle ne pouvait pas rêver mieux et sans cette faute administrative où on la vieillissait de dix années, au lieu de «*Refusée*», elle serait actuellement en train de contempler avec fierté la mention «*Acceptée*» sur son dossier.

Sa mère la rassura. Ce n'était qu'une simple erreur et la personne qu'elle eut au téléphone lui indiqua la marche à suivre: biffer la date erronée et apporter le document à la mairie pour qu'il soit corrigé après vérification des registres de l'état civil. Puis revenir à l'école de danse afin que Pavla soit immédiatement intégrée dans la classe dirigée par la célèbre chorégraphe russe, Olga Dimitrieva.

Prénom : Pavla
Nom : Svoboda
Née le : 14/07/~~1983~~ 1993
Lieu de naissance : Prague
Inscription : Refusée
Motif : Limite d'âge dépassée

La mère de Pavla devait partir travailler. Elle lui prépara donc les documents nécessaires afin qu'elle puisse se rendre dans le centre administratif l'après-midi même. Pavla avala rapidement son déjeuner, enfourcha sa bicyclette et grimpa la côte jusqu'aux bâtiments municipaux. Un employé chargé d'orienter les gens dans le dédale des couloirs lui indiqua la situation du bureau : bâtiment B13, couloir C361, escalier D, bureau 12.34.7, premier guichet à gauche en entrant. En lui donnant un plan d'orientation, il lui sourit curieusement, la dévisageant avec insistance. Pavla n'avait que treize ans et cette insistance la troubla au point de la faire rougir. Jusqu'à présent, elle n'avait observé ce regard que dans les yeux des hommes qui croisaient sa mère, une très jolie femme.

Ils furent nombreux ceux qui détaillèrent sa silhouette alors qu'elle se rendait du bâtiment A au bâtiment B. Dans les différents couloirs qu'elle traversa, les œillades s'accompagnaient généralement d'immenses sourires, et lorsqu'elle se dirigea vers l'escalier D, des sifflements saluèrent son passage. Pavla ne savait plus quoi faire. Elle que les adultes ne remarquaient habituellement même pas semblait être l'objet de toutes les attentions : les hommes exprimaient un enthousiasme démonstratif, à la fois gênant et agréable, tandis que les femmes l'observaient avec défiance. Au bout d'un long couloir, Pavla s'appuya contre un mur, complètement en nage. Elle se sentait à l'étroit dans ses vêtements, son chemisier la serrait, son pantalon l'empêchait presque de marcher et ses souliers comprimaient ses pieds. Elle crut un instant qu'elle allait s'évanouir. Heureusement, elle trouva à sa droite la porte des toilettes où elle s'installa en s'enfermant. C'était un vieux réflexe qu'elle avait quand elle se sentait mal à l'aise, comme après des séances de travail trop difficiles. Les toilettes devenaient un refuge quand son ancien professeur l'humiliait pour l'obliger à trouver encore de l'énergie au fond d'elle-même.

Elle respira profondément, appliqua les conseils de relaxation qu'elle avait appris pour maîtriser son trac avant une audition ou un spectacle. Les exercices la calmèrent mais elle continuait à se sentir trop serrée dans ses vêtements. Elle jeta un coup d'œil sur le chemisier qu'elle portait et ce qu'elle vit la bouleversa : une poitrine imposante avait remplacé son torse plat, écrasant le tissu de sa pression ; ses hanches, plus larges, avaient déformé la toile d'un pantalon qui dépassait à peine ses genoux, menaçant de faire éclater les coutures. Elle se précipita vers la glace et découvrit qu'une autre personne avait pris sa place. Ou plutôt que la Pavla du matin n'avait rien à voir avec celle de l'après-midi. « Je deviens folle, se répétait-elle, je deviens folle, je deviens… » C'est alors qu'elle comprit : la fiche de renseignements, les dix ans supplémentaires attribués par erreur. Il n'y avait qu'à corriger et tout s'arrangerait. Elle se leva, secoua sa chevelure, reboutonna son chemiser, afficha un sourire : elle se trouvait plutôt jolie à vingt-trois ans.

Elle reprit la direction du bureau 12.34.7, toujours sous le regard admiratif des hommes. L'idée de savoir que dans dix ans elle serait une jolie femme l'avait mise de bonne humeur. Mais avant de profiter de ses formes harmonieuses, il fallait absolument qu'elle puisse réaliser son rêve et intégrer l'école de danse. Pour cela, il n'y avait qu'une seule solution : rétablir sa véritable date de naissance sur sa fiche afin de retrouver ses treize ans et intégrer la classe d'Olga Dimitrieva.

L'homme installé derrière le guichet du bureau 12.34.7 écouta à peine ses explications alors qu'elle lui tendait le formulaire erroné. Dédaignant la file qui s'allongeait derrière elle, il engagea la conversation et, tout en la gratifiant de clins d'œil à répétition, tenta plusieurs fois de l'inviter à dîner. Au bout d'une bonne demi-heure, il griffonna enfin les corrections à la hâte sans pouvoir quitter Pavla du regard. En récupérant son document, elle accorda un sourire à l'employé, ce qui acheva de le troubler définitivement.

Elle retrouva son allant dans les escaliers, sautant dans ses souliers encore trop petits, multipliant les entrechats et les passages de jambe. Elle se sentait légère. Heureuse et légère : elle allait intégrer le cours dirigée par Olga Dimitrieva, devant elle s'ouvrait sans doute une carrière de danseuse internationale et elle savait que, les années passant, elle deviendrait une jolie femme qui ferait se détourner les hommes sur son passage.

Elle joua de son charme en descendant les marches, avec l'idée qu'il faudrait attendre quelque temps avant de sentir à nouveau la séduction qui émanait d'elle. Comme prévu, ce pouvoir s'émoussa alors qu'elle progressait dans les méandres du bâtiment, à la recherche de la sortie. Elle avait beau regarder de ses yeux veloutés les hommes qu'elle croisait, ces derniers semblaient de plus en plus indifférents, quand ils ne se détournaient pas carrément avec une moue offusquée. C'étaient les femmes désormais qui l'observaient avec la bienveillance qu'elle avait toujours connue.

Ces constatations lui firent perdre la légèreté qu'elle avait en sortant du bureau et sa démarche devint moins aérienne, moins sautillante. Elle eut l'impression de traîner des pieds et ses articulations étaient douloureuses. Sans doute était-ce l'effet des modifications de son corps, comme après une séance d'étirements trop intense, se disait-elle. Cependant, une fatigue immense la gagnait, recouvrant ses yeux d'une sorte de voile flou, la plongeant dans une sorte de brouillard. Où était la sortie ? se demandait-elle. Elle tâtonnait pour retrouver ses repères dans le bâtiment. Que lui avait dit le guichetier ? Bâtiment A ? Bâtiment B ? Elle ne se souvenait plus, elle avait l'impression d'être ici depuis une éternité. Au bout d'un long moment elle se demanda pourquoi elle n'était pas tranquillement installée chez elle sur le sofa. Une femme vint alors à sa rescousse et la guida lentement vers une rangée de fauteuils.

Pavla déroula le papier qu'elle tenait dans son poing crispé et qu'elle avait retiré au guichet du bureau 12.34.7, escalier D, couloir C361, bâtiment B13 mais les lignes se mélangeaient et elle n'arriva pas à le déchiffrer. Elle resta longtemps à reprendre son souffle, se souvenant presque automatiquement des exercices des cours de danse. Puis elle se leva péniblement et repris d'une démarche hésitante son chemin vers la sortie. Elle était tellement lasse qu'elle ne remarqua même pas le formulaire oublié sur le fauteuil. On pouvait y lire :

Prénom : Pavla
Nom : Svoboda
Née le : 14/07/ ~~1983~~ ~~1993~~ 1913
Lieu de naissance : Prague
Inscription : Refusée
Motif : Limite d'âge dépassée

UN LOOK D'ENFER

Le 27 août 20..

Recommandé avec accusé de réception.

Destinataire :

Mlle Laetitia M.

16, rue des Lilas

97624 Beaumont-les-Roses

Expéditeur :

M. Lou Siffert

11, impasse Charon

75006 Paris

Mademoiselle,

J'espère que cette lettre vous trouvera en pleine forme. Permettez-moi, par cette missive, d'exprimer ma profonde inquiétude. Voici trois courriers que je vous envoie et qui restent sans réponse. Il en va de même pour les textos et les messages que je laisse sur votre répondeur. Quant à votre adresse e-mail, elle a tout simplement disparu. Vous comprendrez donc pourquoi je vous adresse ce pli recommandé, procédé dont je n'use que très rarement ; interrogez les personnes ayant eu affaire à moi, elles vous confirmeront que je ne suis guère procédurier et que je déteste les chicaneurs. Mais une parole est une parole et un contrat, un contrat.

Vous êtes bien placée pour savoir que j'ai respecté chacun de mes engagements et peut-être même au-delà. C'est maintenant à votre tour de tenir parole sans quoi il me faudra faire intervenir un huissier pour récupérer ce que vous me devez. Vos parents seraient sans doute bien surpris de découvrir cette affaire : je suppose qu'ils ne sont en rien informés de nos petits arrangements.

Pour qu'il n'y ait aucun litige en cas de recours devant un tribunal de commerce, je tiens à vous rappeler les différents services que je vous ai rendus.

Votre première visite date d'il y a dix mois. C'est vous-même qui m'avez contacté « *sur les conseils de votre amie Jenny* », cliente avec qui je n'ai eu aucun souci lors du règlement lié à mes services.

Vous m'avez affirmé alors que « *vous vous trouviez trop petite* » et qu'à moins d'un mètre quatre-vingt, il était vain d'espérer faire une carrière de mannequin. Mon intervention vous a permis de prendre vingt-cinq centimètres en cinq mois. Je puis vous certifier que même pour quelqu'un de mon expérience, ce n'était pas une mince affaire, surtout avec des parents comme les vôtres qui mesurent respectivement un mètre cinquante et un mètre cinquante-huit. Je vous assure que vous vous trompez quand dans votre courrier du 11 mai 20.. vous affirmez que votre taille « *est liée à une croissance naturelle et à une nourriture saine* ». Suit dans votre missive l'énumération des sports que vous pratiquez : si le shopping en ville peut être considéré comme une activité physique à part entière, je suis désolé de vous signaler que l'usage d'un scooter n'a rien de sportif.

Quelques mois après votre première visite, vous êtes revenue pour modifier votre visage, que vous trouviez particulièrement ingrat. Là encore, cela n'a pas été une mince affaire de vous faire ressembler aux actrices et chanteuses diverses dont vous m'avez présenté les photographies. La métamorphose de votre apparence n'a rien à voir avec « *l'utilisation intensive de produits de beauté* » que vous mentionnez dans une autre lettre. Croyez-moi, il y a des choses qu'on ne peut pas rattraper, même avec les meilleures crèmes du monde.

Votre troisième visite concernait vos résultats scolaires : ce jour-là vous m'avez demandé de vous permettre d'être « *la première en classe* ». Vu la difficulté, je ne vous ai jamais caché le prix élevé qu'il vous faudrait régler. On ne passe pas aussi simplement de l'avant-dernière place au statut envié de première. Et pourtant, malgré la complexité de la tâche, je l'ai fait, je vous ai permis de devenir la meilleure. Et laissez-moi ajouter une chose : aucun tribunal ne vous croira si vous affirmez, comme dans votre courrier du 11 juin de cette même année, que vous avez réussi en travaillant « *pendant les week-ends et toutes les vacances* ». Les miracles, ça n'existe pas !

Je suis particulièrement déçu par votre attitude car il me faut visiblement vous ranger dans la catégorie des mauvais payeurs. Ce n'est pourtant pas faute de vous avoir laissé du temps et des délais. Aujourd'hui, force m'est de constater que, malgré mes nombreux rappels, vous persistez à ne pas régler les sommes dues (alinéa 13, paragraphe 6, page 77). Je vous laisse une dernière chance avant le dépôt d'une plainte au tribunal de commerce et le recours à un huissier. Afin d'éviter toute confusion quant à l'objet de ma lettre recommandée, je vous rappelle les termes du contrat qui nous lie et que vous avez signé de votre sang en double exemplaire :

« *Laetitia M., reconnaît accepter les termes du contrat qui précède, à savoir qu'elle s'engage à céder, à titre définitif, son âme à Monsieur L. Siffert en cas de succès des services proposés.* »

En attendant, mademoiselle, une suite que j'espère favorable, je vous prie de bien recevoir l'assurance de mes sentiments respectueux.

Votre dévoué,
Lou Siffert

UNE BELLE PAIRE…

Je suis enfermé dans les toilettes depuis plus d'une heure. Il va quand même falloir que je pense à ressortir un jour. Pourtant, elles sont encore là, toutes les *ragazzas*, je les entends papoter en riant. Et bla et bla et bla ! Et t'as vu ci, et t'as vu ça, et patati, et patata. Chaque partie de mon anatomie doit être commentée, analysée et raillée. *Mamma mia ! Dio mio !*

Vergogna, je crois que je ne ressortirai jamais plus d'ici. *Adio*, je préfère encore mourir. Mourir de honte. Ou y passer le reste de ma vie. Et disparaître, disparaître à tout jamais, comme une image qui deviendrait floue, qui se troublerait jusqu'à se brouiller totalement. Et *ciao bambino*…

Pour que ce soit clair, il faut que je revienne un peu en arrière. Que je vous raconte tout cela, une dernière fois, juste avant de disparaître !

Les choses ont pourtant parfaitement commencé, *perfectissimo* comme dit Papa.

Par une chaude soirée du début de l'été, Anna m'a retrouvé devant le Colisée. Ah ! Anna, ses yeux de biche, ses jambes élancées ! De sa petite voix, elle m'a soufflé : « Bruno, j'organise une *party* samedi, *via* Bellecci. Et si tu venais ? Il y aura le gratin de Roma. Mes amies Marcella, Lisa, Carlotta, elles seront toutes là. »

J'étais emballé. Les plus belles *ragazzas* de Rome, rien que pour moi !

J'ai passé la semaine à me préparer. J'ai briqué ma Vespa pour qu'elle soit plus rouge qu'une Ferrari Testa Rossa, j'ai coupé et gominé mes cheveux, j'ai acheté de nouveaux mocassins, un polo et un pantalon blanc. Quoi encore ? J'ai fait briller ma fausse Rolex, tout était presque parfait ! J'ai doublé les séances de musculation, histoire d'avoir des biceps bien saillants – les *ragazzas*, elles adorent ça ! – je me suis entraîné à prendre des poses devant le grand miroir, dans la chambre de ma *Mamma*. La classe ! Un vrai *Lover* ! J'étais prêt, il ne me manquait plus qu'une paire de lunettes noires pour mater les filles tranquillement.

J'ai tourné longtemps dans les boutiques puis, au fond de la *via* del Angela, j'ai fini par trouver ce qu'il me fallait. Un type avait étalé sur le trottoir une multitude de lunettes qu'il vendait à la sauvette : j'ai repéré rapidement une belle paire en forme de goutte de pluie, le verre légèrement fumé, monture en acier. Des lunettes d'aviateur de la dernière guerre ! La classe !

Je les ai enfilées et je suis aller me balader. *Mamma mia !* Mais qu'est-ce qui se passait ! *Santa Madonna, Dio mio*, devant moi, dans la rue, sur les terrasses des cafés, les serveuses, les jeunes comme les plus vieilles, toutes les femmes, nues, complètement nues devant moi, là ! Elles se promenaient comme ça, en tenue d'Ève, comme si de rien n'était, comme si c'était normal. J'étais au paradis. Jamais je n'avais vu ça, même dans mes rêves les plus fous. Un vrai miracle !

Tout en sueur, je retirai mes lunettes pour m'éponger et là, comme si cela n'avait jamais existé, elles s'étaient toutes rhabillées. Je m'assis à la terrasse d'un café, atterré. Je devenais fou, sans doute une hallucination. Peut-être que je devais penser à consulter un médecin. Mon pote Sergio avait raison quand il me disait entre ses dents blanches que je pensais trop aux filles : « Les *ragazzas*, elles te rendront complètement gaga, tu verras ! ». Comme le soleil m'éblouissait, j'ai à nouveau posé ma paire de lunettes sur le nez. Et là, j'ai *capito* ! Ça y est, j'étais le *maestro* ! Mes lunettes, elles étaient *magico* ! Dès que je les mettais, je voyais toutes les filles nues, dès que je les enlevais, c'était comme si elles se rhabillaient. J'y passai la journée : sans lunettes, avec lunettes, sans lunettes, avec lunettes. La nuit, j'eus du mal à dormir tellement j'attendais le lendemain pour les emmener au lycée. Les copines, les professeurs, la directrice, *mamma mia*...

Après l'école, je marchais des heures dans la rue, je rentrais dans les salons de thé, dans les grands magasins, chez Scarza, chez Scaparelili, chez Tzario, chez Crior, Dalmien, et bien d'autres encore. J'allais plusieurs fois par jour à la piscine, je me rendais partout où se trouvaient des femmes, toujours muni de ma paire de lunettes. J'en devenais dingue. La nuit me semblait être une perte de temps inutile, je ne dormais plus.

J'étais tellement excité que j'en aurais presque oublié la fête d'Anna. Puis j'y repensai : toutes ces filles, parmi les plus belles et les plus jeunes de Rome, rassemblées en un soir, au même endroit, c'était un truc qui ne se ratait pas, surtout en pareilles circonstances.

Quand j'arrivai, tout le monde semblait m'attendre. Je laissai mes lunettes dans la poche de mon pantalon, pour faire durer. Je les mettrais au cours de la soirée, sans me presser, histoire de savourer.

La fête battait son plein, je bus un verre, je discutai avec quelques copains, je dansai, alors que la sono appuyait le *tempo*. Tout le monde se serrait, en sueur, les refrains étaient repris en chœur. La fiesta, quoi, la bamboula ! Je commençai quelques figures, je roulais des épaules, je levai les bras, genre John Travolta – les filles, elles adorent ça – les gens s'écartaient, tapaient dans les mains, j'étais le *king*, je tournais, je virevoltais les yeux fermés. Je n'étais plus Bruno mais le roi du disco !

Et puis, peu à peu, les battements de mains qui appuyaient le rythme firent place à des rires, des rires de plus en plus forts, des fous rires, des rires de filles.

J'ouvris les yeux et là, devant moi, toutes les *ragazzas* qui m'entouraient avec leurs jolis minois, toutes les *principesses*, avec posée sur leur nez, en forme de goutte d'eau, légèrement fumée, montures en acier, la même paire de lunettes que moi.

Et comme ça y va !

Et qu'elles me montrent du doigt !

Et bla et bla et bla !

La *dégringolada*, quoi !

LIVRE D'OR

Bonjour et merci de votre visite. J'espère que mon exposition de peinture, Living in big Stomac, *vous a plu et que vous avez passé un moment agréable avec mes tableaux. Ce travail est le fruit de plusieurs années de création ; j'espère ne pas vous ennuyer en vous demandant de prendre encore quelques minutes pour remplir ce livre d'or. Il est fondamental pour un artiste de savoir comment son œuvre est perçue. Votre opinion me permettra d'évoluer et de progresser dans mon travail, que j'ai voulu hyperréaliste.*

Lors du vernissage, un vieux monsieur m'a dit, en évoquant mon tableau intitulé Poulpe Géant, *qu'il « paraissait tellement vrai qu'on avait l'impression qu'il allait se mettre à bouger ». C'est le plus bel hommage qu'on pouvait me rendre…*

Merci d'écrire quelques mots, de laisser une trace,

Très cordialement,

L'artiste, Eva Purpuricka

Madame,

j'ai personnellement beaucoup apprécié votre travail bien qu'il soit particulièrement étrange, presque inquiétant. Ces dominantes de rouge, ces pourpres, ce sang de bœuf, je trouve cela effrayant. Si vous voulez, peut-être pourrions-nous évoquer ensemble cette obsession de la couleur rouge dans votre peinture ? Je suis psychanalyste, mon cabinet se trouve 22, rue…

J'adore, j'adore, j'a…

Bonjour, je m'appelle Anna et je suis étudiante en histoire de l'art. Comment rester insensible devant votre œuvre ? *Le Tonneau sans fond* est un tableau d'une absurdité transcendante qui n'est pas sans évoquer le minimalisme de Pankélélévitch tout en se référant à Francis Jambon dans ses années les plus sombres. En observant vos tableaux de près, une sensation suffocante vous saisit, un vertige, comme si on allait tomber dans ce terrible tonneau. Mon ami, qui m'a accompagnée, s'en est presque trouvé mal. J'aurais aimé qu'il note ses impressions mais je crois qu'il a quitté la galerie, je ne le retrouve plus.

Merci encore pour la puissance de votre œuvre,

Anna V., 21 ans.

Mon Dieu, mon Dieu, comment pouvez-vous prétendre être artiste, Mme Eva Purpuricka ? Vous devriez avoir honte d'exposer des horreurs pareilles ! Quand je pense que je suis venue avec mes enfants ! J'ai lu dans un magazine qu'il fallait les initier très tôt à la peinture, qu'éveiller leur conscience artistique était idéal pour leur épanouissement. Je ne suis pas bégueule, je ne m'attendais pas à trouver des tableaux de fleurs bleues et de coquelicots avec des jeunes filles qui courent dans les champs, mais là…

Je ne sais pas quel est le tableau qui m'a choquée le plus : est-ce *Mandibules et Digestion, La Gueule du loup* ou *Pieuvre, mon amie* ? Mon fils aîné a disparu après avoir vu *L'Estomac du Boa*, et mes deux jumelles n'ont guère tenu plus longtemps. Je sens que ce soir, ça va être cauchemars et compagnie.

En tout cas, je ne vous remercie pas. Pour moi, vous êtes une sorte de monstre de l'art et permettez-moi de vous le dire, votre travail ne respecte ni le Bien, ni le Beau. Je pourrais écrire des heures sur vos tableaux mais mon taxi vient d'arriver et avec tout cela, je ne sais pas où sont passés mes enfants.

Adieu,

Marguerite de N.

Madame, j'adore ce que vous faites, votre travail est sidéral, métaphysiquement compulsif, je me suis senti transporté, littéralement happé, dévoré par vos tabl….

Je pense que

J'aime bien mais j'ai du mal à me concentrer et à vous décrire mes impressions : pourquoi avoir placé votre livre d'or sous cette immense tableau, *Le Ventre de la Baleine* ? Je me sens particulièrement gênée, c'est comme si on m'observait et

Ich bin Otto Von Lützenhof, the célèbre galleriste from New York. Vous me connaissez, nein ? Kelle question, bien sûr, tutti le mondo connaître moi. La célèbre rétrospectife du grosse Mitchivendelo et ses toiles futuristes, das ist moi l'idée de les exposer dans un satellite mis en orbite autour de la Terre. Kosmic, nein, komm idée ?

Tous les peintres du monde et de l'univers rêvent de me confier le fil de leur carrière. Ich bin pourtant difficile, che ne pas faire charity. I am in art und in bisness !

Moi penser organiser grande exposition dans abattoirs de New York pour vous. Qu'en vous penser ? Afec, pour le vernissage, des bouchers gui servent champagne, sehr Klasse, nein ?

Aber, une kleine chose, une kleine petite chose. Che n'aime pas du tout ce tableau, *Das Ventre der Baleine* ki est un peu trop indigeste à mon goût.

Pour la rémunération, je propose pourcentage à vous de…

Chère artiste, je trouve votre création parfaitement sidérante. Votre travail témoigne à la fois de l'apport du néocubisme mêlé à une touche ethnique puissante, presque *trashie*, évoquant la barbarie des siècles passés tout en incorporant un substrat de gothique international, comme une pointe ironique mélangée au pourpre de vos toiles. L'irisé du grenat se fond en un caramel intense de lie-de-vin, comme si vos tableaux étaient peints au sang. Un seul mot pourrait essayer de contenir la puissance intrinsèque de votre œuvre : sostunale ; votre œuvre est sostunale. Mais attention, pas ce sostunalisme déconstruit tant vanté dans les années soixante-dix, non, un sostunalisme renouvelé, un néo-sostunalisme, une sorte de révolution de…

Vous voulez que je vous dise ? Sérieusement ? Votre truc, là, c'est de la merde, de la merde en barre et

C super bi1. J compren ri1 mé sé vachemen 1téréssan kom travail. C koi ? 2 la p1tur à luil ou 2 la p1tur à l'ô ? Car la p1tur à luil sé bi1 difficile, mé sé bi1 plu bô que la p1tur à

Tes tableaux, c'est trop beau,
La couleur rouge, c'est comme le tapis rouge
De mes émotions et c'est bon, yeah.
Ton pinceau, c'est ta baguette magique
Quand tu peins, y'a pas de hic,
Juste comme un sentiment de panique,
Un cri hystérique,
AAAAAAHHHHHHH !

Bonjour Madame,

Je ne viens pas véritablement pour votre peinture bien que je n'ai rien contre l'art et les artistes. Je ne tiens donc pas à écrire au sujet de vos tableaux. Ce que j'aime, c'est assez classique, je suis un peu romantique : chez moi, j'ai un tableau qui représente un cheval au regard doux et brillant et, dans ma chambre, en mémoire de feu mon mari décédé il y a quinze années – Dieu ait son âme – un couple qui court sur une plage baignée de la lumière d'un superbe coucher de soleil. C'est beau ! Parfois, j'en ai la larme à l'œil, un peu comme le cheval accroché dans mon salon.

Non, en fait, si je vous écris ce mot, c'est parce que je cherche mon chien qui a disparu il y a quatre jours : c'est un joli setter irlandais croisé avec un caniche nain. Il a le poil noir et s'appelle Kiki. Il est très gentil, sauf avec le facteur. La boulangère qui travaille en face de votre magasin de peintures, Mme Mimiche, la dame aux cheveux blond platine qui est si polie, elle m'a dit qu'elle croit avoir vu Kiki rentrer chez vous. Alors voilà, si vous revoyez Kiki ou si vous avez des informations à me communiquer, je vous laisse mon numéro de téléphone. C'est le

Bonjour, je suis journaliste au *Nouveau Matin*, pourriez-vous me contacter au…

Je m’

À feuilleter les pages de votre livre d'or, je devine aisément que l'émotion qui nous a submergés, mon mari et moi, a été partagée par de nombreuses personnes. Ce que vous faites est vraiment très fort. Puis-je me permettre d'ajouter presque trop fort ? Nous en sommes tout remués. Ce tableau, *Le Ventre de la baleine* est carrément effrayant. Mon mari a été encore plus impressionné par *Mandibules et Digestion* : il est biologiste et il trouve que la crudité de votre toile lui confère une vérité presque plus saisissante que la réalité. Je pense qu'il va vous noter ses impressions

Le travail de

Nous sommes passés par hasard et nous av

Recherche chat gris, environ trois ans, bout des pattes avant blanches répondant au nom de Mistigri. Récompense.

Je suis le professeur d'arts plastiques du collège Stanislas et je vais essayer de rassembler les impressions de mes élèves. Ne soyez donc pas surprise devant le texte un peu décousu que je vais laisser dans votre livre d'exposition.

En fait, mes élèves ont disparu, sans doute ont-ils déjà rejoint le bus. Je me propose de vous faire parvenir leurs impressions par la poste afin de…

Il se peut que les gens soient plus cul…

Ce message est destiné à Eva Purpuricka, artiste, demeurant au 21 rue des…, à…, née le 18 août 19.. dans la ville de…

Vous êtes convoquée au commissariat central, 11 rue du…, afin de répondre en tant que témoin au sujet des affaires suivantes :

– Disparitions de MM. M., H., X., V., S. et W. :

– Disparitions de Mme P., M., H., A., et de Mlle R., F., W. et Q. ;

– Disparition de la classe de 4e C du collège Stanislas et de son enseignant ;

– Disparition du chien Kiki et de

CHAMPION

Pendant longtemps, j'ai pensé que c'était terminé, que j'étais fini, lessivé, à dégager.

Ma dernière saison ? Rien qu'une suite de faux départs, de pas de travers et de contre-performances.

Pour tout dire, je me sentais tellement minable qu'à la fin des meetings, je ne passais plus par les vestiaires saluer ceux avec qui je m'entraînais depuis des années. Ça me dégoûtait de les voir se pavaner : Michaël qui me laissait huit dixièmes à chaque chrono, Radoine qui démarrait avec tellement de puissance que je me retrouvais avec ses deltoïdes fessiers sous le nez jusqu'à la ligne d'arrivée. Et toutes les filles qui couraient à leur suite en survêts moulants. Aïcha ? C'est à peine si elle m'adressait encore la parole. Quelques vagues regards de pitié après l'arrivée puis elle se jetait au cou d'un des nouveaux champions : « La classe, Mike » qu'elle criait avec ses copines. Mike… ça faisait plus américain…

Aïcha ! Quand je pense qu'avant ma baisse de régime, elle n'avait d'yeux que pour moi. Toujours à me tourner autour, et qu'on pourrait s'entraîner tous les deux ensemble, et qu'on pourrait porter le même tee-shirt, et que mon père t'adore, et que viens samedi à la maison manger le couscous pour que je te présente toute la famille… Je m'y voyais déjà…

Et puis, tu perds quelques centièmes et c'est terminé. T'es redescendu du podium, retourne chez ta mère !

Et Charton ? Tu parles d'un entraîneur ! Le genre de type à t'enfoncer la tête sous l'eau quand tu te noies. Et que c'est de ta faute. Et que je te l'avais dit de faire d'abord des fractionnés plutôt que de forcer sur la muscu. Et que tu peux pas fermer ta grande gueule… Et que toujours savoir mieux que les autres. Et qu'avec tout ce qu'on a déjà fait pour toi à la fédé ! Charton…

La dernière fois, aux championnats de France, ils m'ont carrément dégoûté. Mike venait de faire péter le record pendant que je me claquais méchamment la cuisse. C'est à peine si un sous-fifre de l'équipe est venu aider le toubib à me sortir sur la civière. J'en pleurais au vestiaire… De rage et de douleur à la fois… Quand on m'a emmené à l'hosto, je me suis retourné en fixant le stade. Dans ma tête, je me disais que c'était fini les sacrifices. Terminé.

J'ai refusé toutes les visites. Franchement, pour voir Aïcha prendre sa mine attristée en tenant la main de Mike. Pff…

Le seul que je voyais régulièrement, c'était le docteur Franck, celui qui m'avait ramassé. Ou plutôt ex-docteur. Il avait démissionné quelque temps après ma blessure :

« Rien à voir avec toi », m'a-t-il dit en souriant, « j'en avais juste assez de bosser avec des amateurs… »

Puis il m'a parlé de son envie de démarrer en solo. De monter son équipe. Des analyses morphologiques qu'il avait effectuées sur moi. De nouveaux outils très performants. Que pour lui c'était OK. Et que si ça me tentait, il était partant.

Au début, j'ai rigolé. Mais les jours défilaient et j'avais des tonnes d'images qui me passaient par la tête. Le coup de feu du départ, Radoine et son démarrage en fusée, Michaël les bras levés juste après la ligne d'arrivée, Aïcha qui sourit. Et puis Franck passait tous les jours. Il me parlait longuement de méthodes d'entraînement révolutionnaires, de livres qu'il achetait aux États-Unis, de méthodes russes, de régimes spécifiques… Il en savait des choses, et moi je l'écoutais en regardant ses mains s'agiter.

Lors de ma sortie de l'hôpital, il s'est occupé de ma rééducation. À coup de soins, de jus multivitaminé et de musculation, c'est allé très vite. Il ne me lâchait pas, une vraie petite mère. Peu à peu, la confiance revint, je me reconstruisais. J'ai recommencé l'entraînement sans même me rendre compte que j'avais de nouveau le pied à l'étrier. Tous les matins, Franck venait me chercher et on partait pour un stade isolé, dans une lointaine banlieue. Un endroit incroyable : une piste neuve, des vestiaires plus chics que le salon de mes parents, un vrai palace ! C'était un groupe privé qui l'avait mis à notre disposition et il était presque toujours désert.

Pendant longtemps, j'ai travaillé à l'aveugle. À l'aveugle, ça veut dire sans connaître mes chronos. Ça faisait partie du programme du docteur Franck qu'il résumait régulièrement ainsi : « La victoire est une équation à trois inconnues : diététique, musculation et entraînement. »

Mes journées étaient donc divisées selon cette équation et pour mieux prendre en charge l'ensemble, on s'était installé dans un bâtiment digne d'un hôtel, construit juste à côté du stade. Mes journées étaient planifiées, j'allais du stade à la salle de muscu, de la salle de muscu au stade, soutenu par mon régime multivitaminé.

Un jour où j'avais particulièrement bien couru, Franck me montra mon chrono. Je crus d'abord à une farce : j'avais littéralement explosé le record national de Michaël ! Je sentis un frisson me parcourir l'échine, je me voyais déjà gravir les marches du podium, la musique, les officiels, la médaille, Aïcha les mains devant la bouche, m'encourageant de sa voix aiguë et stridente d'émotion. Le docteur souriait. Et il ajouta, comme s'il avait lu mes pensées : « Dans six mois, c'est le test national qui ouvre sur les J.O. Si tu continues à bosser comme je te le dis, l'or, c'est dans la poche. Et pas que sur une distance… »

Et il avait raison.

Enfin *presque*…

Les six mois qui suivirent se déroulèrent comme dans un rêve. J'améliorais mes temps de manière régulière, ma masse musculaire avait pris un volume imposant, il avait même fallu m'acheter de nouvelles fringues. Par moments, je sentais bien quelques douleurs après les séances mais Franck m'expliquait que c'était normal, que c'était la croissance, que je n'étais plus un adolescent, que je devenais un homme, tout simplement. Pareil pour mes douleurs aux articulations, mes crampes à l'estomac, les vomissements au réveil : « Tu es une machine qui tourne à fond, c'est normal que le moteur se grippe parfois. L'essentiel, c'est le carburant et là, je t'assure, je te donne le meilleur ! »

C'était rassurant de se sentir protégé par un homme comme lui, un homme de savoir et de connaissance.

Malgré cela, je me réveillais parfois au milieu de la nuit, avec le sentiment inquiétant de ne plus être le même qu'avant. Heureusement, j'étais tellement exténué que je me rendormais comme une bête de somme abrutie par l'effort.

Le jour du test national arriva sans que je perde la confiance que le docteur m'avait insufflée. Sur la ligne du départ, c'est à peine si mes anciens partenaires me reconnurent. Avant le coup de feu du starter, je jetai un coup d'œil sur Michaël et Radoine. Un an que la presse spécialisée ne parlait que des deux jeunes espoirs, un an que j'avais disparu sans qu'on ne songe encore à moi. J'allais graver cette course dans leur esprit pour le restant de leurs jours, j'allais me rendre inoubliable.

Je menai la course du début à la fin, avec une insolente avance. Je massacrai le record national pour longtemps… Idem sur les deux autres distances. Je ne sais même pas si Radoine a eu le temps de voir passer mes deltoïdes fessiers ! Et Michaël, heu, Mike, pardon… Où était-il ? Il pouvait toujours aller pleurer sa qualification manquée pour les JO dans les bras de Aïcha…

Comme je l'ai dit, tout se passa *presque* comme le docteur Franck l'avait prévu. C'était un triomphe pour nous deux. Pendant que je signais des autographes et que je répondais aux interviews, il était approché par tous les grands pontes de la fédération qui n'avaient jamais voulu croire en ses méthodes d'entraînement.

Les courses s'enchaînèrent ainsi que les victoires. Sous mes pieds se déroulaient des kilomètres de piste et les records tombaient les uns après les autres, jusqu'aux internationaux que j'abordai avec la conviction d'être le meilleur. Et je le fus, jusqu'au bout. Indéniablement.

Vint le moment de la remise des médailles. Le silence qui se fait dans le stade, les caméras, les trois noms des champions qui retentissent, l'or qu'on accroche à mon cou, l'hymne national. Et à chaque fois Aïcha, comme dans mes rêves, les mains devant la bouche comme pour une prière, ses yeux humides, ses cris d'admiration.

Tout se passa donc comme l'avait prévu le docteur Frank.

Presque.

Restait la dernière cérémonie.

Je me sentais bizarre depuis la fin de la course mais j'avais attribué ça à l'effort. J'éprouvais une lourdeur générale, j'avais du mal à déplacer ma masse musculaire, mes articulations étaient comme rouillées. En même temps, mon estomac se tordait et je réprimais à grand-peine les haut-le-cœur qui me secouaient.

J'entendis une dernière fois mon nom résonner dans le stade, je grimpai péniblement les marches du podium, un sourire figé sur les lèvres. Je tins bon jusqu'à l'hymne.

Ma rotule droite fut la première à lâcher, comme un échafaudage trop frêle pour supporter une masse musculaire trop importante. Puis le quadriceps de ma cuisse droite se déchira, pareil à un vêtement trop serré, suivi de mes biceps qui se dégonflèrent à la manière de deux ballons de baudruche, produisant un son ridicule pour finir par pendre lamentablement vers le sol.

Sous les grondements de stupeur du stade, je cherchai des yeux le docteur Franck sans le trouver. Que se passait-il ? Il fallait qu'il me soigne, qu'il s'occupe de moi, qu'il me fasse une injection. Il fallait qu'il me sauve, j'étais en train de m'écrouler comme un vieil immeuble décrépi !

Le quadriceps gauche éclata encore plus brutalement que le droit. Et alors que le stade se figeait d'effroi, ma deuxième rotule cédait dans un craquement digne de la rupture d'un immense barrage et je m'effondrai sur ce qui me restait de genoux. Je ne contrôlais plus rien, j'étais un pantin désarticulé dont les fils avaient été sectionnés.

Pendant qu'on me ramassait, j'aperçus Aïcha dans la foule : ses mains couvraient ses yeux, comme si elle pensait encore pouvoir rendre réversible la scène à laquelle elle assistait. Et entre deux larmes qui coulaient le long de ses joues, je pouvais lire sur ses lèvres, sans qu'elle ne cesse de le prononcer, à l'infini, comme une condamnation éternelle, le mot qu'elle murmurait à mon adresse comme à celle de ses rêves brisés :

MONSTRE…

TROMPERIE

Non, docteur, je comprends votre insistance et je sais que mon problème ne se règlera pas en trois séances. Oui, on me l'a déjà dit, je manque de persévérance.

La chirurgie esthétique ? J'y songe de plus en plus mais il y a beaucoup d'échecs. Certaines personnes en sortent complètement défigurées. Vous me direz, avec la tête que j'ai, ça ne changerait pas grand-chose… J'exagère ? On voit bien que vous n'avez pas le même nez que moi. Et encore, j'appelle ça un nez pour ne pas dire le véritable mot : une trompe, voilà ce que c'est. Il n'y a pas d'autre mot pour désigner cet appendice monstrueux au milieu de mon visage. C'est un pic, un cap, que dis-je, une péninsule…

De toutes les façons, pour la chirurgie esthétique, c'est encore trop tôt. Il faut attendre que ma croissance soit achevée et à quatorze ans, c'est loin d'être terminé. Ce qui signifie – et vous voyez, j'arrive maintenant à le dire sans crier, sans me fâcher – ce qui signifie que mon nez va encore grandir ! Ahhhh !

Merci, docteur, merci pour le paquet de mouchoirs, il me faut au moins ça. Et quand je suis enrhumée, c'est encore pire, on frôle l'apocalypse, on dirait les trompettes du jugement dernier.

J'admets qu'il y a quelques progrès. Avant, j'y pensais tout le temps mais dans le centre où je vis en ce moment – comment ? oui, les gens sont gentils avec moi – dans le centre où je vis en ce moment, ils ont supprimé tous les miroirs. Mais bon, il y a une multitude d'occasions dans une journée pour me rappeler que j'ai un nez monstrueux. Tiens, rien qu'au moment des repas, ou quand je fais ma toilette.

Je sais, mon voisin Hugo me l'a déjà dit, j'ai la chance de ne pas avoir de boutons. Lui, il a le visage dévoré par une acné purulente, c'est atroce, il faut vraiment se forcer pour ne pas détourner les yeux.

Quoi ? Oui, avec moi, il est vraiment très gentil. Il me dit souvent : « Justine, dans ce centre d'accueil, on est tous des monstres mais toi, tu es la plus jolie. » Je ne sais pas trop comment je dois le prendre, c'est vrai que chaque pensionnaire a son lot de malheurs, on ne peut pas dire que la nature a été gentille avec nous. Oui, en effet, on se sent protégé ici, mais en même temps, quand les gens du monde extérieur viennent nous voir – les gens normaux, quoi – c'est là qu'on sent véritablement notre différence. Et puis, ils ne sont pas tous gentils, faut pas croire. L'autre jour, une petite fille toute mignonne s'est approchée avec sa copine, tout sourire, et d'un seul coup elles se sont moquées de moi. Sans aucun égard, comme si je n'existais pas, elles me montraient du doigt, elles tiraient sur leur nez pour mieux souligner mon infirmité. J'ai fini par m'allonger au fond de ma chambre, je voulais disparaître – ce qui vu mon poids est plutôt cocasse, je l'admets – mais même là, je les voyais encore rire en appelant leurs amis. Et faut pas croire, cette scène se répète souvent ; les enfants, c'est parfois cruel.

Si je suis complexée par mon poids ? Non, ça va, j'assume. Je sais que je suis assez forte ce qui me rend un peu maladroite, mais ça ne me gêne pas. Les rondeurs, ça a son charme. Il y a des amateurs. Maman était très ronde et ça ne l'a pas empêchée de se marier. Non, le gros, que dire, l'énorme problème, c'est mon nez. Je sais que je ne suis pas la seule, qu'il y a même pire – oui, il y en a qui ont un plus long nez que moi, ça existe ! – mais j'ai beau me raisonner, ça ne sert à rien.

Que je vous parle de mon enfance ? Encore ? C'est là que se trouve l'origine de mon problème ? Mes parents ? Vous savez, mes parents, ce sont de braves gens. Simplement, ils n'ont pas les mêmes préoccupations que moi, ils ne me comprennent pas. Comment dire, c'est comme s'il y avait un fossé entre leur génération et la mienne, un truc qui nous sépare à tout jamais. Pourquoi j'ai quitté le foyer ? J'en avais marre de la campagne. La forêt, c'est bien le week-end mais toute sa vie, habiter avec des bouseux crottés qui ne pensent qu'à s'empiffrer, franchement, ce n'est pas une vie pour une jeune fille.

Ma fugue ? Comment j'ai fait pour arriver en ville ? Ça n'a pas été bien compliqué, vous savez, des types louches qui cherchent à profiter des adolescentes en dérive, c'est malheureusement fréquent. Moi, je disais que je voulais être artiste, je pensais au cinéma, au théâtre, à cette époque j'étais encore sans complexe, je me sentais belle, l'avenir m'appartenait. J'ai vite déchanté. J'ai rencontré des gars qui avaient l'air sympa, qui m'ont fait rentrer en France clandestinement, cachée avec d'autres personnes dans un cargo. En débarquant, je me suis dit : à moi Paris ! Et la vie d'artiste a commencé : autant dire, une des pires périodes de mon existence. À défaut d'opéra, de plateaux de cinéma et de soirées de gala, je me suis retrouvée dans un cirque minable où les gens se moquaient de moi. Certains soirs, on me tirait par le bout du nez. Et, comble de l'humiliation, il est même arrivé qu'on me jette des cacahuètes.

Pourquoi mon nez m'obsède ? Comment voulez-vous que je fasse autrement. Je sais que c'est un complexe, qu'il faut que je cesse de me braquer, qu'il faut que je ressorte le côté positif de ma personnalité, mais bon, c'est difficile de se mentir, on peut se tromper un moment puis l'évidence surgit comme le nez au milieu du visage, si je puis dire.

D'accord, j'accepte de poursuivre mes entretiens psychologiques avec vous, même si je ne crois pas que cela réglera mes problèmes. Vous avez déjà guéri de nombreux patients ? Oui, oui, je suis au courant, j'ai entendu parler du jeune Alexandre, ce drôle de cheval qui passait toutes ses journées en pyjama, allongé sur sa litière. Et Roger le chameau, celui qui est bossu, également. C'est vrai que c'est étonnant d'imaginer qu'il puisse mener une vie normale avec un handicap pareil. Chapeau, docteur, chapeau ! Pour Hugo le crapaud, il y a par contre encore du boulot. Avec ses pustules partout, je ne vois pas comment vous allez faire, il paraît que ce genre d'acné ne part même pas avec l'adolescence.

D'accord, je vais y réfléchir. Et merci pour les magazines. Une trompe d'éléphant de Java, voilà exactement ce qu'il me faudrait. Parce que ma trompe africaine, c'est vraiment d'une laideur insoutenable. Ah ! docteur, et mes oreilles ? Vous les trouvez comment, mes oreilles ?

FLIC, FLAQUE, FLOC…

Münbrodwurschstein, 12 Octobre 20..

Il pleut, il mouille, c'est la fête à la grenouille,
Il fait pas beau, il fait pas chaud, c'est la fête à l'escargot.

Il est presque midi. Temps gris.

Je viens de me lever et c'est dimanche.

Mal à la tête. Faim.

Ma mère m'a crié dessus : « *C'est pas un hôtel, ici. Pour manger, t'attendras qu'on passe à table !* »

Ça sent le chou dans toute la maison.

Je m'accoude à la fenêtre.

Dans le jardin, Gisela, ma petite sœur. Ciré jaune, bottes en caoutchouc rouge, nœud dans les cheveux.

Elle chante et saute dans les flaques.

Quelle imbécile !

Un deux trois, soleil,
Un deux trois, soleil,
Un deux trois, soleil.

Mal au ventre.

Trop mangé.

Je glisse un CD dans la chaîne : *Satan of Metal Death !* Fort, très fort !

Tiens ! Où est passée l'autre pimbêche ?

Je remets la plage 2 en augmentant le volume des basses : *Supermonsters of Mercy in the Hell ! Yeahhhh !*

Mon père déboule en hurlant alors que j'entamais le solo de guitare sur ma raquette de tennis.

J'éructe. Il repart, l'air dégoûté.

Je repasse le morceau une troisième fois.

Flic, flac, floc,
Tic, tac, toc,

Clic, clac, cloc.

Toc, toc, toc.

Ma sœur a refait son apparition.

Elle est trempée. De la tête au pied.

Bien fait, pour une fois, c'est elle qui va se faire engueuler.

« *Tu viens jouer ?* »

À quoi ?

« *À attrape. J'ai trouvé une cachette incroyable.* »

Où ça ?

« T'as qu'à venir. »

Je lui colle un coup de pied aux fesses et je la vire de ma chambre en hurlant le refrain des *Satanic Boys* :

Go to hell, go to hell, if you go, I'll go as well.

« *Et les devoirs ?* » demande ma mère sans rentrer.

Je m'allonge sur le lit en cherchant un nom pour mon futur groupe de Trans Métal.

Il était un petit navire, il était un petit navire,

Qui n'avait ja-ja-jamais navigué,

Qui n'avait ja-ja-jamais navigué,

Ohé, ohé !

Je sors dans le jardinet à la recherche de Gisela.

Elle m'a réveillé, cette…

Gisela ? Gisela ?

« *Attrape-moi, Rolf. Je suis cachée.* »

Le soir commence à tomber. Il pleut, le sol s'est transformé en une boue glaiseuse.

« *Par là, par là, gros plein de soupe !* »

Je la vois.

Elle rigole.

Elle ne perd rien pour attendre.

« *J'étais dans ma cachette.* »

Et elle est où, ta cachette ?

« *Là !* »

Et elle me désigne une flaque.

Je hausse les épaules. Je vais lui en claquer une mais d'une pichenette, elle me fait tomber.

Alors que je prends appui sur mes mains pour me relever, je sens que je m'enfonce dans une eau trouble et profonde. Mes mouvements désespérés sont inutiles, je glisse irrémédiablement dans cette immensité.

Au fond, on devine une lumière. Comme les flammes d'un grand brasier.

Je me retourne, je tends le bras pour empêcher la chute.

Gisela.

Elle sourit.

Elle agite sa petite main, comme pour me dire au revoir.

Ses yeux scintillent.

Des étoiles.

Je tombe…

Flic, flac, floc,
Tic, tac, toc,
Clic, clac, cloc.
Toc, toc, toc…

COMMENT FAIRE UN BON ADOLESCENT

À Damon Knight,
avec toute ma gratitude
P. L.

Chère Maman,

Excuse mon long silence mais le temps file si rapidement que je n'ai pas vu passer ces six derniers jours. Cette lettre te surprendra sans doute : tu devais t'imaginer que je ne donnais pas signe de vie parce que j'étais fâchée contre toi et Papa, que je vous en voulais encore de m'avoir inscrite à cette cure sans mon accord.

C'est faux ! Au départ, je ne vous en voulais pas, non ! Au départ, je vous ai carrément détestés et j'ai pris votre initiative comme une trahison, avec le sentiment que vous aviez décidé de vous débarrasser de moi. Mettez-vous à ma place, c'était parfaitement injuste ! Papa et ses 120 kilos, Ron qui le suit de quelques longueurs (rondeurs serait le mot exact) et toi qui viens de dépasser la centaine : si on y regarde de près, c'est vous qui auriez dû la faire, cette cure, car finalement je suis encore la plus légère de la famille.

Pendant tout le voyage, je ruminai des pensées noires, je suis même allée jusqu'à vouloir en finir avec la vie, rien que pour vous punir de m'avoir envoyée dans ce que j'imaginais être une prison pour gros. Deux mois sans mes amis, sans vous, sans le chien, enfermée dans un centre sans autorisation de sortie, sans téléphone, sans ordinateur, bref, sans contact avec l'extérieur, cela me paraissait être de la folie ! Même si vous m'aviez expliqué que se couper du monde était la garantie d'une cure réussie, c'était difficile à avaler, non ?

Je vous rassure immédiatement : dès que je suis sortie du car, tout a changé. Les gens qui nous ont accueillis se sont montrés très prévenants et il faut que je le souligne, toutes les personnes qui travaillent ici sont d'une gentillesse incroyable. On m'a installée dans une chambre super mignonne et je la partage avec Tracy, une fille trop sympa qui vient du Minnesota. On s'adore, on est presque comme deux sœurs. Et les autres curistes sont super sympas également.

Bon, alors voilà, je voulais vous dire tout cela. Vous aviez raison : cette cure, c'est une super idée. Merci ! Merci chers parents, je vous adore !

Avec amour,
Votre Sandy

Maman,

Aujourd'hui, je me sens un peu fatiguée alors, comme j'ai rejoint ma chambre pour une sieste, j'en profite pour t'en dire un peu plus sur nos activités au centre.

En fait, j'avais un peu peur, en arrivant, qu'on nous force à faire du sport à longueur de journée, du genre fitness, course à pied, basket et compagnie. Eh bien, non ! Pareil pour la nourriture, je me voyais déjà avec une carotte à la vapeur et un brin de brocoli dans l'assiette comme unique repas. Pas du tout ! On mange très copieusement et on passe nos journées à traîner dans les prés qui environnent les bâtiments ou à mariner dans des bains parfumés de différentes senteurs « zen ». Le rêve, quoi !

C'est la directrice, Mlle Greedie qui nous a expliqué la méthode pratiquée dans le centre pour se débarrasser du problème et de la charge que représentent les obèses pour la société : « Un esprit sain dans un corps sain », a-t-elle résumé (Tracy m'a soufflé « un esprit sain dans un porcin », elle est toujours en train de blaguer). Elle nous a longuement expliqué qu'il fallait plutôt parler de philosophie que de thérapie et que l'essentiel était, dans un premier temps, de reprendre contact avec la nature et avec notre corps. De trouver ou de retrouver le plaisir d'être nous-mêmes et que pour cela il est impératif que nous menions une vie saine. Concrètement, nous mangeons ce que nous voulons mais tout ce qui nous est servi est issu de l'agriculture biologique : légumes, céréales, viandes, glaces et tout le reste.

Le deuxième point important, ce sont les activités de détente : jeux, siestes sur l'herbe, promenades dans le parc, discussions interminables avec Tracy et longs bains parfumés (comme Cléopâtre, si je ne me trompe pas). La seule chose qui nous rappelle notre objectif de départ et la raison de notre présence, c'est la pesée quotidienne : mais là encore, on nous ménage et notre poids ne nous est jamais communiqué : « Ce n'est pas en humiliant un adolescent qu'on va lui permettre de devenir meilleur et bien dans sa peau », nous a expliqué Mlle Greedie dans une de ses conférences. Alors tu vois, la vie est vraiment super-agréable dans le centre. Vous allez finir par regretter de ne pas y être à ma place. Bien fait !

Je vous embrasse,
Votre soleil, Sandy.

Chers parents,

Trois semaines passées et je me sens de mieux en mieux. Lors de l'entretien de groupe, la psychologue m'a dit que j'étais rayonnante, que je respirais la santé et que je pouvais être fière, tout comme la plupart de mes camarades. La seule qui s'est fait un peu houspiller après la pesée, c'est une fille qui s'appelle June et qui n'a pas l'air trop dans son assiette. Peut-être parce qu'elle a réduit trop rapidement sa charge pondérale ? Patricia, c'est le prénom de la psychologue qui s'occupe de notre groupe – elle tient à ce qu'on l'appelle par son prénom –, lui a dit que ce n'était pas le premier impératif, qu'il fallait d'abord retrouver confiance en notre corps et qu'après, tout s'arrangerait. Que perdre du poids trop vite pouvait engendrer un état dépressif et que ce n'était pas de cette manière qu'on bâtissait sur du long terme. Tracy et moi sommes d'accord avec Patricia. Pour nous féliciter, elle nous a d'ailleurs emmenées à la cafétéria pour manger un milk-shake 100 % naturel. Et comme elle n'est pas rancunière, elle en a aussi proposé un à June. Cette nouille n'a même pas accepté ! Elle se prend pour une martyre, ou quoi ? Elle va finir par craquer !

Étant donné que les miroirs sont interdits et que notre poids n'est pas communiqué, je ne sais pas où j'en suis mais je pense que je m'accepte peu à peu moi-même et cela me fait le plus grand bien. Hier soir, après la douche, on se promenait dans la chambre en sous-vêtements avec Tracy. Je lui ai demandé de quoi j'avais l'air. Elle m'a dit que j'étais superbe, elle m'a tapé sur les cuisses et elle a rajouté en imitant le ton doucereux de Patricia que j'avais l'air d'une bonne Américaine. Je lui ai lancé mon oreiller, ce qui a entraîné la plus belle bataille de polochons de mon existence !

À part ça, rien à dire, la vie est super. Juste une chose : le prochain centre, ce serait bien qu'il soit mixte. Il faut bien l'avouer, les garçons sont souvent agaçants et un peu bêtes mais ils nous manquent. Même Ron – qui décroche pourtant chaque année le concours du frère le plus stupide – j'aimerais le revoir. C'est dire, non ?

Bises, bises, bises, bises, bises, bises, bises, bises, bises, bises, bises, bises, bises, bises, bises, bises, bises…

Votre Sandy pour la vie

Salut la famille,

Ça fait un moment que je ne vous ai pas donné signe de vie mais je suis tellement occupée à vivre sainement !

Notre cure se poursuit agréablement. Depuis une semaine, je me suis engagée dans l'atelier cuisine. Ma spécialité, c'est la pâtisserie. On nous apprend à préparer une cuisine équilibrée. Par exemple, j'ai découvert qu'on pouvait faire la crème Chantilly soi-même ! Moi qui pensais que cela n'existait qu'en bombe !

On a aussi droit à des conférences passionnantes : on a visionné un documentaire qui explique que les animaux bien nourris et vivants au grand air sont meilleurs que les animaux d'élevage industriel. Au début, on n'a pas trop compris pourquoi on nous montrait cela, on faisait pas le rapport entre nous et les vaches. Tracy, comme à son habitude, a amusé la galerie en meuglant dans la salle. Quel fou rire ! Il n'y a que June qui ne rigolait pas. Elle est sortie de la salle de réunion comme si elle allait vomir : avec Tracy, on se demande d'ailleurs si elle n'est pas devenue anorexique, ce qui expliquerait pourquoi elle a été convoquée plusieurs fois chez la directrice.

Bye, bye,
Sandy Love

Salut,

Merci pour votre courrier et pour les cookies bio. J'ai obtenu l'autorisation de les manger mais la directrice préfèrerait que cela reste exceptionnel, elle veut être certaine de tout contrôler.

Je me porte toujours aussi bien et avec Tracy, on s'est maintenant inscrites à l'atelier balnéothérapie : il s'agit de soigner une personne à l'aide de plantes, d'extraits de parfums, de décoctions diverses et d'essences variées ajoutées à l'eau du bain. Une fois les différents mélanges maîtrisés, il ne reste plus qu'à s'étaler tranquillement dans l'eau chaude en attendant que le bain fasse son effet. Formidable, non ?

Avec Tracy, on adore ce cours. Il faut dire que Brian, l'animateur, est super sexy. En plus, comme c'est le seul type du centre, on est un peu toutes après lui. Tracy m'a encore bien fait rire, elle a dit qu'il ressemblait à un loup qui aurait pénétré dans une bergerie après avoir suivi un régime. C'est exactement ça ! Même s'il essaie de se donner une contenance, on a parfois l'impression que ses yeux vont sortir de leur orbite et que sa langue va rouler jusqu'au sol !

Bon, voici une petite liste pour que vous profitiez de mes toutes nouvelles connaissances. Faites couler un bain et ajoutez dans une eau à environ 45 °C :

– de la vanille, du citron, de la menthe, du laurier et du romarin en cas de douleurs aux articulations ;

– des baies de genièvre, des noisettes, des oignons et de l'ail pour les problèmes de circulation sanguine ;

– des carottes, du poireau, du persil et de la noix de muscade pour une peau plus belle et bien hydratée ;

– de thym, du laurier et de la marjolaine (ou de l'origan, le truc sur les pizzas) pour se détendre après une journée de stress.

J'espère que vous apprécierez ces petits trucs, vous verrez, cela rend vite la vie plus agréable. Dites bien à Ron qu'il ne faut pas manger les ingrédients qui sont dans le bain !

À part ça, tout se passe bien. Patricia (la psy) nous adore. Elle nous a même confié qu'elle n'avait jamais rencontré d'ados aussi délicieuses que Tracy et moi, depuis qu'elle exerçait son métier.

Ah, au fait, June, la fille asociale dont je vous ai déjà parlé dans d'autres lettres, a fugué. Elle a disparu la nuit dernière et cela a apparemment mis Mlle Greedie et les autres responsables du centre dans l'embarras. Visiblement, ils ont trouvé un arrangement avec ses parents et elle va cesser sa cure. Tant pis pour elle ! En tout cas, nous, on ne la regrettera pas, elle n'était vraiment pas drôle, surtout depuis quelques jours. Pauvre fille…

Bye-bye, ciao, salut, hasta luego, tchuss…

Sandy

Chers parents,

SOS, SOS, SOS, SOS, SOS, SOS, SOS, SOS, SOS, SOS, SOS, SOS, SOS, SOS, SOS, SOS, SOS, SOS, SOS, SOS, SOS, SOS, SOS, SOS, SOS, SOS, SOS, SOS, SOS, SOS, SOS, SOS, SOS, SOS, SOS, SOS, SOS, SOS, SOS, SOS, SOS, SOS, SOS, SOS, SOS. J'espère du fond du cœur que cette lettre vous parviendra. Plutôt que de l'envoyer par la voie habituelle, je l'ai donné à un des fournisseurs de légumes bio en lui faisant jurer de la poster une fois sorti du centre. Alors voilà, il faut absolument prévenir les autorités et venir nous délivrer, sans quoi il va se passer des choses abominables !

C'est horrible, horrible, horrible, horrible ! ! !

Ce matin, après la pesée, tout allait encore bien : Patricia nous a demandé de ranger les affaires de June, la fille qui s'est échappée l'autre jour. Sur le chemin, on est allées saluer Brian qui nous a dévorées de son regard gourmand. Dans l'eau, flottaient des navets, du thym, du laurier et des oignons piqués de clous de girofle, comme pour un pot-au-feu. « Pour la souplesse et l'élasticité de la peau » a lancé Brian en remuant les ingrédients dans la piscine surchauffée.

C'est dans la chambre de June que tout a basculé. Alors qu'on lisait des passages de son journal intime en riant et qu'on se moquait de ses vêtements ridicules – un chemisier avec un col brodé, tu te rends compte ! – Tracy est tombée sur ce qu'on a d'abord imaginé être un fascicule de présentation du centre de cure. Je ne sais pas ce qui lui a pris de l'ouvrir, mais en un seul instant, elle a changé de couleur et s'est effondrée, comme si on allait la conduire à l'abattoir. J'ai ramassé la brochure et... quelle horreur ! Je n'en croyais pas mes yeux...

Nous avons décidé de nous enfuir comme l'avait fait June. Évidemment, la sécurité a été renforcée et des chiens nous ont mordu les jarrets alors que nous nous approchions des barrières qui marquent la limite de la propriété.

Maintenant notre seul espoir est de faire comme si nous n'avions rien remarqué en attendant que cette lettre vous parvienne. C'est la seule chance de nous en sortir vivantes. Suivre notre cours de balnéothérapie a été une torture, surtout quand Brian a goûté plusieurs fois l'eau de la piscine après y avoir rajouté du sel.

S'il vous plaît, mes parents d'amour, faites vite, sauvez votre petite fille chérie, sauvez-nous ! Je vous jure que tout ce qui est dans cette lettre est vrai ! J'ai d'ailleurs oublié de vous dire le plus important. Le livre qu'a trouvé Tracy, ce n'est pas un fascicule qui présente l'institution, non ! C'est un livre de recettes de cuisine dont le titre est *Comment faire un bon adolescent.*

À l'aide !

SOS, SOS, SOS, SOS, SOS, SOS, SOS, SOS, SOS, SOS, SOS, SOS, SOS, SOS, SOS, SOS, SOS, SOS, SOS, SOS, SOS, SOS, SOS, SOS, SOS, SOS, SOS, SOS, SOS, SOS, SOS, SOS, SOS, SOS, SOS, SOS, SOS, SOS, SOS, SOS, SOS, SOS, SOS, SOS, SOS,

Votre Sandy

Table des matières

Achevé d'imprimer par Novoprint en Espagne.
Dépot légal : 4e trimestre 2015